VIVE LE LUXE!

LA COMÉDIE

DE

MONSIEUR DUPIGNAC

RÉPONSE

A

MONSIEUR DUPIN

PAR UNE GRANDE DAME.

ET

UNE PETITE DAME

PARIS

CHEZ TOUS LES LIBRAIRES

1865

VIVE LE LUXE!

RÉPONSE A M. DUPIN

IMPRIMERIE L. TOINON ET Cᵉ, A SAINT-GERMAIN.

VIVE LE LUXE!

LA COMÉDIE

DE

MONSIEUR DUPIGNAC

RÉPONSE

A

MONSIEUR DUPIN

PAR UNE GRANDE DAME

ET

UNE PETITE DAME

PARIS

CHEZ TOUS LES LIBRAIRES

1865

UNE GRANDE DAME

A M. DUPIN

Monsieur,

Je reviens de la campagne pour essayer mes toile'tes de voyage.... et que me dit ma couturière?

— Avez-vous lu la brochure de M. Dupin?

Que me dit ma modiste? Que me dit ma lingère? Que me dit mon cordonnier? Que me dit mon bijoutier?

— Avez-vous lu la brochure de M. Dupin?

Qu'est-ce que je trouve dans les mains de Lucy, ma femme de chambre anglaise?

La brochure de M. Dupin!

Mon médecin lui-même, en me tàtant le pouls, me demande malignement :

— Comment vous portez-vous de la brochure de M. Dupin?

Et ce bon abbé Z***, mon aimable directeur, ne m'a-t-il pas dit en riant ?

— Allez-vous me quitter, vous aussi, comme toutes mes péni-tentes? Courez-vous au confessionnal de l'abbé Dupin?

Il m'a bien fallu lire votre brochure, monsieur. Que dis-je ?

une brochure! Mais c'est une bombe, un obus, un boulet ! J'ai flairé l'obus, j'ai ramassé la bombe, j'ai poussé le boulet du bout de ma bottine, et mon petit orteil en est encore tout chaud.

Toutes les grandes dames se plaignent, toutes les petites s'irritent. On dit que vous préparez contre nous de terribles lois somptuaires qui nous réduiront, qui nous contraindront à nous habiller en laitières, en nourrices, en paysannes, en servantes, peut-être même en rosières... Que sais-je ?

Pourrons-nous, au moins, ressembler à des servantes suisses, à des rosières de Nanterre ou à des laitières d'opéra-comique ? Par ma foi, j'ai grand'peur que vos saintes rigueurs ne nous permettent pas cet écart. Bon Dieu, comme vous y allez! Jamais prédicateur n'a été aussi effrayant, même en carême. Ah! vous voilà désormais Père de l'Église, vous qui, l'an passé, n'étiez pas même, que je sache, un simple père de famille, et j'ai grande envie de vous appeler tout couramment le Révérend Père Dupin.

Quelqu'un m'a conté autrefois (c'était peut-être mon mari) que vous aviez été pendant trente ans l'ennemi acharné des jésuites. Je ne comprenais pas alors pourquoi vous en vouliez tant à ces bons Pères. Je ne le sais que trop maintenant : ils étaient trop humains pour nous, trop accommodants, trop indulgents. Ils nous permettaient le bal, la comédie, un peu de roman, les promenades sur l'eau, les bains de mer, la musique, les fleurs et les bijoux, les plumes et les dentelles, les parures de toute sorte, et, avant le carême, quelques costumes galants, quelques masques rieurs, de petits travestissements de bonne compagnie qui nous donnaient l'occasion de nouer et dénouer des intrigues innocentes. Sûrs de leur vertu, ils ne se signaient pas sous nos éventails, et ne baissaient pas les yeux devant nos colliers de perles fines, même quand nos épaules étaient irréprochables. « Le bon Dieu, disaient-ils, avait fait tout cela pour nous, comme les verts feuillages pour les arbres frémissants, comme les blanches nuées pour l'aube matinale, comme les eaux transparentes pour le ciel étoilé. » Toute leur morale, si décriée par les niais, se résumait en ces mots : Qu'importe le fait? sauvons l'intention. »

Je n'ai jamais vu de jansénistes, monsieur, mais je suppose qu'étant le contraire des jésuites, ils devaient être des gens fâcheux, moroses, avares, et, tranchons le mot, hypocrites. Je ne serais pas étonnée d'apprendre que Tartufe était janséniste : Elmire et Molière avaient trop de bon sens pour détester les jésuites.

Seriez-vous, monsieur, un janséniste attardé, un janséniste de robe courte, bien qu'il n'y ait plus, dit-on, de jansénistes depuis les convulsionnaires de Saint-Médard? Les révolutions ont beau tout démoder : le passé subsiste toujours quelque part. Il y a encore des jansénistes, je le sens ; il y a encore des convulsionnaires, et votre belle homélie contre le luxe n'est, après tout, qu'une [sainte convulsion.

Vous vous démenez contre les fantaisies de la mode. Pourquoi? La mode est-elle une invention d'hier? Nos mères et nos grand'-mères étaient-elles plus raisonnables que nous? Les paniers, les vertugadins et les *guard-infante* étaient-ils moins monstrueux que nos crinolines? Allons, allons, la première crinoline a été une feuille de vigne du Paradis, et je suis sûre que, sur la porte de l'Éden, il s'est trouvé un Dupin pour la maudire.

Révérend Père Dupin, descendant de ce Dupin primitif, voudriez-vous ramener les filles d'Ève à la feuille de vigne?

Décrétez alors, si vous l'osez, une grève générale pour ces milliers d'ouvriers qui fabriquent les feuilles de vigne de la civilisation moderne ; décrétez, décrétez, et l'article-Paris vous bénira, l'article-Lyon vous canonisera, et vous aurez bientôt, je gage, dans quelque nef de la prochaine Exposition universelle une niche en point d'Alençon.

Sérieusement, monsieur, qu'a donc à faire l'antique économie des grippe-sou avec la véritable économie moderne, ce qu'on appelle aujourd'hui l'économie sociale (je n'ai pas peur du mot) qui fait consister très-justement la prospérité des nations dans les progrès de l'industrie inspirés par les arts, dans le développement sans fin des richesses, c'est-à-dire dans la poursuite du luxe, cette parure du bien-être?

Le luxe, superflu du riche, crée presque toujours, quoi que vous en pensiez, le nécessaire du pauvre. Vous qui devez connaître Adam Smith et Jean-Baptiste Say, dont les noms ont égratigné mon oreille chez la comtesse d'Agout, vous qui devez causer quelquefois avec le professeur Wolowski, comment pouvez-vous ignorer cela? Mais cela est dans l'air, oui, monsieur, dans l'air que vous respirez, vous autres hommes, et que nous-mêmes, vos femmes, nous respirons à notre insu, dans notre maison, au milieu de nos enfants.

Eh! monsieur, ma petite fille a souscrit, pendant la guerre d'Amérique, pour les ouvriers sans travail de l'industrie cotonnière. Elle savait qu'on fait de bien jolies choses avec le coton, et que ces jolies choses de luxe manqueraient si les ouvriers cotonniers mouraient de faim.

Je parle du coton, mais je pourrais en dire autant de la soie, des tapis, des glaces, des dentelles, des bijoux, de toutes les divines superfluités de la vie civilisée.

Croyez-vous donc que ce soit le luxe qui empêche la charité? Non, c'est plutôt l'économie mesquine et thésaurisante, et, pour parler en bonne chrétienne, l'avarice. Mon Révérend Père, vous n'avez pas oublié, dans votre zèle, que l'avarice est peut-être le plus laid des péchés capitaux?

L'avare ne dépense pas, mais il ne donne pas; l'avare s'habille mal, mais il n'habille pas l'homme nu. La femme de l'avare ne porte pas de crinolines ruineuses, mais elle refuserait un jupon à la petite fille pauvre qui a honte de grandir.

Dans la grande société, à laquelle j'appartiens par le hasard de la naissance, la prodigalité, monsieur, est moins immorale que l'avarice. Vous en pensez autrement, vous qui vous écriez : « que fait la grande société? Elle regarde, elle prend modèle, et ce sont ces demoiselles qui donnent les modes aux dames du monde, ce sont elles qu'on copie... »

Sauvez-nous de l'imitation, monsieur, vous qui êtes un esprit original. Au xviie siècle et au xviiie, tous les gens d'esprit, tous les gens de cour, les poëtes et les peintres, les petits abbés, les jeunes magistrats fréquentaient les belles ruelles, nous parlaient chiffons sans déroger, et devenaient, comme on disait en ce temps-là, *les conseillers des grâces*, ou, si vous l'aimez mieux, les devins de la mode.

Aujourd'hui l'hypocrisie guindée règne dans les deux faubourgs, le *cant* a banni de notre société poëtes et gens d'esprit, peintres et sculpteurs, qui s'en vont loin de nous parer les courtisanes des caprices de l'imagination et des fantaisies de l'art.

Voyons, monsieur Dupin, faites-nous des modèles! taillez-nous des patrons, patrons à bon marché, modèles économiques, j'y consens.

Gentil-Bernard des petits ménages, enseignez-nous l'art de plaire en barguignant; mais puisqu'il nous est permis, à la rigueur, de *nous mettre* avec décence (le mot sent son petit bourgeois), soyez au moins couturière élégante et modiste de goût.

Ah! tenez, je ris de tout mon cœur.

M. Dupin modiste!

M. Dupin couturière!

Grands dieux! comment va-t-il nous habiller?

Monsieur le réformateur, je devine vos noirs complots: vous rêvez la robe sans couture, la robe sans envers, la robe introuvable et inusable. Ce serait de l'originalité peut-être, mais de l'élégance et de la décence, je ne le crois pas.

Il y a en vous un Lycurgue de la toilette; mais Lycurgue, en aucun temps, ne sera un tailleur pour dames. Vous appartenez, je le crains, à une école que vous n'avez pas fondée: l'école des hommes sérieux qui ne sont, en fait de beauté, de grâce et de parure, que des jurisconsultes distraits.

Eh bien, ne le savez-vous pas? nous poursuivons contre les hommes l'éternel procès des filles d'Ève, et les modes, surtout, sont les formes aussi douces que variées de notre procédure. Nous les prenons où elles fleurissent, comme nos bouquets : nous les prenons tout naturellement aux courtisanes, car n'est-ce pas à elles de nous enseigner à leur insu l'art de l'élégance ? Ninon de Lenclos n'était pas une femme vertueuse, et pourtant je sais de bonne part que madame Dupin, dans sa jeunesse, se coiffait à la Ninon.

Vraiment, monsieur, j'ai plus d'indulgence que vous pour *ces demoiselles*. Laissez-les en paix, les pauvres créatures.

Est-ce un monde né d'hier, et celles d'aujourd'hui sont-elles plus criminelles que les courtisanes du dix-huitième siècle ?

Ne valent-elles pas bien la Duthé ? ou la Salé ? ou mademoiselle Camargo ?

Leurs « brillants équipages » offusquent vos yeux. Qu'aurait-ce été pourtant si vous aviez vu les carrosses de la Guimard ?

Et Sophie Arnould ? Plus d'un magistrat intègre (il y en eut toujours) ne s'est-il pas, sans chagrin, souvent anuité dans son salon ?

Nous autres, dames très-chrétiennes, nous savons beaucoup pardonner. Ces petites dames sans maris nous volent, dit-on, nos maris. Oh ! les pauvres voleuses ! Désennuyer sans cesse de faux sultans, que de fatigues pour un peu d'or ! Je leur souhaite, pour ma part, une vie heureuse et une heureuse fin. Grâce à elles nous pouvons jouer à la Sévigné dans nos châteaux ; nous avons, tran- quilles et souriantes, le loisir d'être mères.

« L'excès des toilettes, dites-vous, jette tout le monde hors de ses voies. Les plus grandes situations s'en effrayent, et à chaque hiver, à chaque saison, la révélation éclate sur des mémoires de modes que les fortunes les plus considérables arrivent à peine à éteindre, et qui tombent quelquefois en atermoiements et en liquidations..... La caisse conjugale est vide, on s'habille à crédit, on signe des billets, des lettres de change pour lesquelles on cherche les endosseurs, et dont l'échéance est toujours fatale à la vertu... »

*Une situation qui s'effraye ! La révélation qui éclate sur des mé-
moires ! Des mémoires éteints par des fortunes !* Quelles exagéra-
tions, et quel mauvais français ! Fi ! monsieur l'académicien. Fi !
fi ! vous dis-je.

Eh quoi ? quelques bouts de rubans, quelques brins de dentelles, quelques chiffons de soie, quelques pointes de diamant, et
voilà une grande maison battue en brèche, emportée, ruinée en
trois mois ! Deux cent mille livres de rente se noient dans un
gouffre de mille écus, et nos plus solides châteaux, nos manoirs
de brique et de pierre croulent sous le poids de quelques jupes
ballonnées !

Je n'ai pas encore vu cela, monsieur, et, sans plus lésiner que
mes bonnes amies, je n'ai jamais, que je sache, emporté au fil de
mon collier ou de mon bracelet, dans un pli de ma robe ou dans
une natte de mes cheveux, ma fortune et celle de mon mari.

On s'habille à crédit ? La belle affaire ! Vous-même, monsieur,
payez-vous votre tailleur gilet par gilet, culottes par culottes ?

Payez-vous exactement, paire par paire, vos souliers ferrés à
votre cordonnier du Morvan ?

Avez-vous seulement réglé le compte de vos derniers bas de
soie, et de votre dernier habit de cour ?

Nous faisons des billets, c'est vrai... (Allez-vous regretter de
nous avoir appris à écrire ?)... mais nous avons nos endosseurs
légitimes ; ce sont nos maris, et l'échéance n'est guère fatale qu'à
leur bonne humeur. C'est un lansquenet moins audacieux à
l'*Union* ou au *Jockey-Club* ; c'est un pari plus timide aux courses
prochaines ; c'est même, et tant mieux pour votre morale ! une
économie forcée dans le budget galant de nos maris.

« La Fontaine, ajoutez-vous, se moque, dans une de ses fables,
de la grenouille qui veut se faire aussi grosse qu'un bœuf ;
mais avec les modes d'aujourd'hui la grenouille y parviendrait.
Il suffirait à cette pécore d'ajouter autour de sa taille ces dimen-
sions élastiques qui la feraient aussi grosse que le modèle auquel
elle veut atteindre. »

Eh bien, soit ! Grenouille je suis, pécore je veux être. Mais vous, monsieur, vous, un homme d'esprit, pourquoi tous ces mugissements ?

Sans vous en douter, vous parlez en bœuf, monsieur Dupin.

Toutes ces colères pour une crinoline !

Voltaire, un moraliste à coup sûr, mais un moraliste galant et vif, touche, sans les froisser, aux *pompons de la Duchapt*. Il se garde bien de les mépriser, ces riens charmants qui font briller son regard et sourire son esprit.

Socrate, le grave Socrate, qui donnait aux courtisanes de si aimables conseils, n'a-t-il pas dansé gaiement chez les immortelles petites dames du beau temps de la Grèce ?

Et Périclès chez Aspasie ? Aurait-il eu le loisir de se fâcher contre une crinoline athénienne ?

Les satiriques eux-mêmes se sont-ils révoltés ? Aspasie-pécore, Aspasie-grenouille n'a jamais coassé parmi les grenouilles d'Aristophane.

Allez, monsieur le philosophe, nous le savons bien, vous n'auriez pas dansé chez Aspasie, vous ne vous seriez pas couronné de roses avec Alcibiade, vous n'auriez pas été le conseiller de Laïs. Vous ne vous seriez pas déchaussé pour entrer pieds nus dans les flots sacrés ; vous auriez hésité, par prudence, à laisser vos sandales sur les bords fleuris de l'Ilyssus.

Homme de prévoyance domestique, Socrate de ménage hargneux, vous auriez été le digne mari de Xantippe. Vous n'êtes, à Paris, qu'un Socrate-Chrysale, un Socrate battu, et..... pas satisfait !

Quoi de plus intolérant, dans un monde fait comme le nôtre, que cette mesquine sagesse de faux paysan, rococo pastoral que l'on voudrait rattacher aux prétendues traditions de l'âge d'or !

L'intolérance, révérend Pibrac, est aussi vieille que le monde : mais elle rabâche. L'élégance est plus vieille encore : mais elle parle toujours un langage nouveau.

Vous n'êtes plus jeune, monsieur ; vous êtes de ceux à qui le

monde déplaît à mesure qu'ils deviennent moins aimables. Que
penseriez-vous d'un paralytique, qui, parce qu'il ne peut se tenir
debout, voudrait renverser la Polymnie d'un coup de sa bé-
quille?

Que diriez-vous d'un vieillard qui se révolterait contre les
culottes courtes, parce qu'il n'a plus que des flûtes à engaîner?

Ah! si un Dupin en jupon voulait, à ce propos, parler de vos
modes masculines! Modes hypocrites et ridicules, cent fois plus
hypocrites et plus ridicules que cette crinoline qui vous empêche
de nous regarder.

Aimeriez-vous mieux, par hasard, les robes-fourreaux, les
draperies transparentes dont les plis, comme mouillés, sont pleins
d'excitantes indiscrétions? Regretteriez-vous les peplums qui ont
daté votre jeunesse,

> Lorsque la Tallien, soulevant sa tunique,
> Faisait à ses pieds nus craquer ses anneaux d'or..:..

Tous ces colifichets grecs et romains, très-austères, mais fort
peu décents, très-ruineux surtout, je vous jure, les draconiens
de la révolution les ont vus passer sans voiler leur face sévère,
sans frémir pour le salut de la république, sur ces terrasses
italiennes du Luxembourg, qui depuis...

Ah! depuis... la crinoline est arrivée, avec tant d'autres chan-
gements; et les Tartufes sur le retour perdent leur peine à mur-
murer à l'oreille des Elmires protégées par le jupon d'acier :

> « Je tàte votre habit : l'étoffe en est moëlleuse..... »

Chérubins octogénaires, rassurez-vous. Un académicien,
M. Ponsard, le vertueux auteur de *Lucrèce*, prépare un *Tallien à
Bordeaux*... Quelle flatterie pour vos goûts de perruques regret-
tant leurs queues à rubans! Oh! les séduisants costumes!... Je
les vois, déjà, du fond de ma petite loge au Théâtre-Français,
moulés et animés par les épaules des plus belles comédiennes.

Qui sait? Demain peut-être, une de ces demoiselles hardies, une de ces insolentes Renommées qui soufflent à pleines lèvres dans le clairon du scandale, emportera la mode nouvelle, au galop de ses chevaux pomponnés, et la fera passer en riant tout près de l'Arc de Triomphe...

Et huit jours après, ne vous déplaise, toutes les honnêtes femmes des deux faubourgs sanctifieront le scandale en le patronnant.

Cher paysan du Danube, fin brutal qui jouez si bien le sauvage, il serait plaisant que vous ne fussiez sans le savoir qu'un modiste à l'affût. La crinoline passe, la crinoline est passée : vous deviez le savoir avant ma couturière.

> « Le sage dit, selon les temps,
> » Vive le Roi! Vive la Ligue! »

Vous qui êtes un sage, monsieur, vous guettez le moment où vous pourrez crier le premier :

« La crinoline est morte, vive la robe-fourreau ! »

Eh bien ! la robe-fourreau sera-t-elle moins chère que la jupe-empire? On vous le fera bien voir. Que vous êtes naïf, pour un Nestor français qui a vu tant de costumes sous tous les régimes ! Il faudra beaucoup d'étoffe, monsieur le modiste, pour s'engaîner convenablement.

Mais j'y pense, vos lois somptuaires auront tout prévu : tant de mètres pour la jupe, tant de mètres pour le corsage, tant de mètres pour le passement... si vous tolérez le passement !

Et quand elles auront réglé notre toilette, vos lois somptuaires n'auront rien fait : il y a tant d'autres luxes à réduire ! Et nos meubles, et nos équipages, et nos domestiques? Et le *maximum* pour nos fêtes, pour nos maisons de campagne, pour les pelouses de nos parcs et les fleurs de nos jardins?

J'ai connu en province, il y a quelques années, un terrible évêque, un membre de la Congrégation de l'Index, un vrai loup de parcimonie et d'austérité. Il avait dans son évêché, l'évêché de L***, les plus beaux jardins de France, les anciens jardins du cardinal de Richelieu.

« — A quoi bon tout cela ? s'écria-t-il un beau jour. Arrachez-moi ces fleurs, coupez-moi ces arbres. La faux dans ces charmilles ! Je ne veux ici que des haricots et des pommes de terre. »

Voilà un homme précieux pour vos réformes. Mandez-le tout de suite à Paris. Nommez-le rapporteur de votre loi somptuaire, et laissez ensuite agir à sa guise ce législateur potager. Il aura bientôt fait de coucher par terre les beaux marronniers du Luxembourg : il sèmera des pommes de terre sur la terrasse des Feuillants, et plantera des choux dans le grand bassin des Tuileries.

En attendant ces prodiges, qui ne peuvent manquer d'arriver, recueillez-vous dans votre cabinet, Lycurgues du Morvan, Solons de l'Auvergne, Catons dépaysés et désheurés. Mettez votre morale en petites brochures, et jetez vos petites brochures sur la voie publique.

A deux sous l'Extinction du luxe ! A dix centimes le Sermon du Révérend Père Dupin !

Mais je n'ai qu'à crier de ma fenêtre : Vive le luxe ! — Et tout le monde tournera le dos à la vieille homélie du Révérend.

L'élégance, sachez-le bien, est une aristocratie à laquelle veut s'élever plus que jamais la démocratie française. Essayez d'arrêter cet élan, bourgeois parvenus !

La mode est la prodigalité de l'élégance : mettez donc la mode en prison, rustiques surveillants des mœurs publiques !

Le luxe et la parure sont des formes élégantes de la liberté comprimez donc la liberté de la parure, despotes mal vêtus !

Tyrannisez, tyrannisez : la grâce et la beauté auront toujours leur despotisme. La mode dispersera, d'un souffle, votre bulletin des lois somptuaires, et nous saluerons toujours, nous autres Athéniennes, à la barbe de nos Spartiates d'Auvergne ou du Morvan, nous saluerons, dans l'éternelle mobilité du luxe, la divine frivolité du beau.

MONSIEUR DUPIGNAC

COMÉDIE-BALLET EN DEUX ACTES

RÉPONSE D'UNE PETITE DAME

———

La réponse de la Petite Dame a pris la forme d'une comédie.

Les amis de Cora Bougival, hommes de lettres, artistes, comédiens et comédiennes, ont bien voulu écrire la pièce et en surveiller les répétitions. Cette comédie a beaucoup amusé les colons d'Asnières.

M. Dupin a reçu un exemplaire de l'ouvrage, et ne s'est pas fâché de se trouver face à face avec M. Dupignac, le héros de cette petite saynète.

MONSIEUR DUPIGNAC

COMÉDIE-BALLET EN DEUX ACTES ET EN PROSE

REPRÉSENTÉE POUR LA PREMIÈRE FOIS A ASNIÈRES,

le 15 Juillet 1865,

SUR LE THÉATRE DE CORA BOUGIVAL

———

PERSONNAGES :

M. DUPIGNAC,	
ARTÉMISE,	*sa gouvernante.*
CORA BOUGIVAL,	*premier médecin.*
FANTINE D'ASNIÈRES,	*deuxième médecin.*
NINI-YOUYOU,	*l'apothicaire.*
CASCADINE,	*premier tailleur de pierre.*
RAPINETTE,	*deuxième tailleur de pierre.*
BÉBÉ-GLADIATEUR,	*un marchand de crinolines.*
MIMI-BALLON,	*un tapissier.*
ROSA-BRINDACIER.	*un bijoutier.*
TOTO-JOCKEY,	*un horloger.*

Marmitons, ouvriers. — Deux avocats musiciens, l'un bredouillant,
l'autre ânonnant, masques, commis.

Tous ces personnages représentés par de petites dames.

ACTE PREMIER

SCÈNE I

*(Au lever du rideau, **M**. Dupignac est assis à sa table de travail. Il est vêtu, par économie, d'une capote d'ambulance, retour de Crimée. Sur le mur une pancarte où l'on voit imprimée en grosses lettres cette maxime : « Ne quid nimis, » rien de trop.)*

M. DUPIGNAC, *décachetant des lettres.*

(Lisant.) « Paris, le... Monsieur, est-ce vous qui êtes l'auteur de
» la brochure contre nos affiquets ? Eh bien ! foi d'honnête ou-
» vrière, vous n'êtes qu'un cancre, passez-moi le mot. » *(Il rejette la lettre.)*

(Lisant.) « Rouen, le... Monsieur, vous fulminez contre le luxe,
» vous voulez la ruine du commerce, vous êtes donc un commu-
» niste ? » *(Il rejette la lettre.)*

(Lisant.) « Mulhouse, le ... Meinherr, che ne gombrends rien
» à fotre projure. Fous allez vaire geômer tes milliers l'oufriers...
» Fous êtes un pricand ! » *(Il déchire la lettre.)*

(Parlant.) Cancre... communiste... brigand... Des injures,
toujours des injures. Vous m'injuriez ; mais réfutez-moi donc !
(Il prend sur la table une brochure dont il brise l'enveloppe.) Ah !
une réfutation...

(Lisant.) « VIVE LE LUXE ! PAR UNE GRANDE DAME. »

(Tapant avec satisfaction sur la brochure.)

(Parlant.) C'est par une grande dame... Je lirai cela ce soir,

quand ma gouvernante sera couchée... (*Serrant la brochure.*) Cachons cet opuscule... Artémise pourrait croire... Suffit !... (*Il décachète une nouvelle lettre.*) Ah ! je reconnais les jambages de mon éditeur. Voyons un peu.

(*Lisant.*) « Monsieur, votre petit chef-d'œuvre s'enlève... »

(*Parlant.*) Eh bien ! faites un nouveau tirage...

(*Lisant.*) « Non-seulement à Paris, mais en province, et dans les États Pontificaux... »

(*Parlant.*) Le Pape et les cardinaux ont donc acheté ma brochure... Ce n'est pas encore cela qui me rendra clérical !...

(*Lisant.*) « Limoges et Périgueux me demandent de nouveaux exemplaires... Périgueux insiste... »

(*Parlant.*) La ville des truffes... c'est un succès...

(*Lisant.*) « Clamecy est en fête... »

(*Parlant.*) Je n'attendais pas moins de Clamecy...

(*Lisant.*) « Grand débit dans les villes d'eau... »

(*Parlant.*) Villes de luxe et de plaisir... (*Avec un grognement.*) Hon ! hon ! j'ai touché juste.

(*Lisant.*) « J'ai à vous compter, sur le produit de la vente, 23,545 » sous:.. mais je ne vous les compterai pas... »

(*Parlant.*) Tu veux donc me dépouiller, filou ?...

(*Lisant.*) « Je sais que vous ne tenez nullement à l'argent...

(*Parlant.*) L'imbécile ! A quoi peut-on tenir en ce monde ? A quoi tenez-vous vous-même, marchand de papier noirci ?...

(*Lisant.*) « Aussi ai-je pris sur moi de consacrer ces 23,545 sous » à une œuvre utile, aussi utile que la destruction des hanne-» tons... »

(*Parlant.*) Ce qui est utile, bourreau, c'est de me payer, et tout de suite... J'en ferais bien tout seul, si je voulais, des œuvres utiles; mais jusqu'ici, Dieu merci ! je n'ai jamais voulu !...

(*Lisant.*) « Cette œuvre, que j'ai baptisée l'*Œuvre Dupignac*, » ou *du Rachat des Crinolines*, consiste à racheter, chez tous les » marchands, pour les brûler, les crinolines qui infestent les ma- » gasins de Paris... »

(*Parlant.*) L'animal !...

(*Lisant avec étonnement et colère.*) « J'ai embauché pour cette » expédition un grand nombre de tailleurs de pierre de la » Creuse et du Morvan : j'ai choisi de préférence des Morvan- » diots, par respect pour votre origine. Ils sont pénétrés de la » grandeur de leur mission. Je les ai sans délai dirigés par » la rue Richelieu, d'où ils ont dû se replier sur le Palais-Royal » et la Bourse. En ce moment, si je calcule bien, ils débou- » chent en bon ordre dans la rue Montmartre par la rue Notre- » Dame-des-Victoires, chargés de crinolines opimes. Demain, au » petit jour, ils mangeront la soupe sous les murs de Notre-Dame- » de-Lorette. Un petit mot de vous pour approuver mon heureuse » initiative, et encourager ces braves gens que j'ai payés d'avance, » en ajoutant à leur journée de tailleurs de pierre l'augmentation » qu'ils demandent à leurs patrons depuis qu'ils sont en grève.

» Agréez, etc... »

(*Parlant avec éclat.*) Je n'agrée rien du tout. Je n'agréerai que mon dû, le montant exact du prix de la vente de ma brochure.

(*Il sonne.*) Artémise ! Artémise ! ma canne, ma perruque, mes souliers ferrés !

SCÈNE II

M. DUPIGNAC, ARTÉMISE

ARTÉMISE, *effarée.*

Monsieur, il y a là des gens de mauvaise mine qui veulent parler à vous... Ah ! les voilà.

(Entrent trois tailleurs de pierre portant chacun une crinoline.)

SCÈNE III

Les Mêmes. — CASCADINE et BÉBÉ-GLADIATEUR,
EN TAILLEURS DE PIERRE.

DUO DES TAILLEURS DE PIERRE

CASCADINE, BÉBÉ-GLADIATEUR.

> Les tailleurs de pierre
> Sont de bons enfants,
> Qui ne mangent guère
> Et boivent souvent...
> La pipe à la bouche,...

M. DUPIGNAC, *poli et tremblant.*

Que me voulez-vous, mes amis?

CASCADINE.

Nous sommes les délégués du bataillon des décrocheurs de crinolines... C'est à M. Dupignac que nous avons l'honneur de parler?...

RAPINETTE.

Où sont *les chimiques ?*... (*Montrant les crinolines.*) Nous allons brûler tout ça devant vous ! (*Il frotte une allumette, et met le feu aux crinolines.*) Au feu ! Au feu !

M. DUPIGNAC.

Malheureux ! que faites-vous ?.. C'est le produit de ma brochure qui s'évanouit en fumée !...

> (*Il se jette sur les crinolines, se brûle les mains, et ne réussit
> qu'à en sauver une qu'il se passe autour du corps en s'écriant :*)

Vous ne m'arracherez celle-ci qu'avec la vie !...

CASCADINE.

Comment ! nous venons ici pour brûler les crinolines, et on
nous empêche d'y mettre le feu !... Voyons, monsieur Dupignac,
vous avez quelque chagrin, pour avoir changé d'idée comme ça.
Le monsieur qui nous a embauchés nous a dit que vous vouliez
faire un feu de joie avec toutes ces cages à poulet... Vous êtes
malade, c'est sûr...

RAPINETTE.

J'ai vu deux plaques de médecin sur les portes en montant
l'escalier. Il y en a un à l'entre-sol, il y en a un autre au troisième,
en face le dentiste. Il faut les appeler tous les deux pour soigner
monsieur.

> (*Il ouvre la porte et crie :*)

Ohé ! par ici, les docteurs !..

> (*Les tailleurs de pierre sortent. Entrent les docteurs.*)

SCÈNE IV

M. DUPIGNAC, CORA BOUGIVAL et FANTINE D'ASNIÈRES,
EN MÉDECINS.

CORA BOUGIVAL, *à Dupignac.*

Ce m'est beaucoup d'honneur, monsieur, d'être choisi pour
vous rendre service... Voici un habile homme, mon confrère,
avec lequel je vais consulter la manière dont nous vous traiterons.

> (*Les deux médecins s'asseyent et tâtent le pouls.*)

M. DUPIGNAC, *ahuri*.

(*En voyant les médecins, il a vivement ôté et caché sa crinoline.*)
Que veut dire cela?

CORA BOUGIVAL.

Mangez-vous bien?

M. DUPIGNAC.

Je mange assez, mais pas trop. Voyez ma devise : *Ne quid nimis.*

FANTINE.

Dormez-vous fort?

M. DUPIGNAC.

Oui, quand j'ai péroré tout mon saoul.

CORA BOUGIVAL.

Faites-vous des brochures?

M. DUPIGNAC.

J'en ai fait une, que je crois assez salée... (*A part.*) Quelle diable de conversation!...

FANTINE.

Il y a peut-être trop de sel pour votre santé.

CORA BOUGIVAL.

Et de quel sel a-t-on salé cette brochure? sel gemme ou sel marin? sel attique ou sel gaulois?

M. DUPIGNAC.

Sel gemme, monsieur, sel de la Ménippée, vieux sel gaulois...

CORA BOUGIVAL, *à Fantine*.

Oh! oh! le cas est grave... Consultons... Je dis, monsieur, avec votre permission, que notre malade, ici présent, en salant inconsidérément sa brochure, s'est malheureusement appauvri d'une partie de la quantité saline, intrinsèquement nécessaire aux fonctions importantes de la déglutition, de la salivation et de la digestion. Bref, monsieur est dessalé ; il faudra ressaler monsieur...

M. DUPIGNAC, *se levant.*

Me prenez-vous pour une merluche, messieurs?

(*Les deux médecins le font rasseoir.*)

CORA BOUGIVAL, *continuant.*

L'estomac, étant destitué de la quantité saline indispensable à la confection chimique des aliments, envoie naturellement au cerveau de notre malade beaucoup de fuligines épaisses et crasses, dont la vapeur noire et maligne engendre la mélancolie que nous appelons hypocondriaque... Et, pour diagnostic incontestable de ce que je dis, vous n'avez qu'à considérer ce grand sérieux que vous voyez, cette tristesse accompagnée de crainte et de défiance, cette physionomie ingrate de vieillard aigri contre la jeunesse et la beauté, cette capote d'ambulance, singulière robe de chambre qui annonce la haine du luxe et de toutes les élégances de la vie ; lesquels signes le dénotent très-affecté de la maladie hypocondriaque des censeurs moroses, laquelle maladie a dégénéré en manie, en frénésie et en brochure. Maintenant, quel est le moyen de ressaler promptement, monsieur?... Moi, je trouve qu'il serait bon, avant toute chose, de forcer ses yeux à contempler de belles et riches étoffes, des bijoux scintillants, de jeunes petites dames parées de crinolines extravagantes, tout cela accompagné de chants et instruments ; à quoi il n'y a pas d'inconvénient de joindre des danseurs et des danseuses que le malade récompensera magnifiquement, par un effort de générosité dont la réaction instantanée, en faisant violence à ses instincts radicaux de parcimonie, le disposera merveilleusement à l'insalation, par haut ou par bas, qui rétablira dans son organisme cet équilibre salin foncièrement compromis par son évaporation brochurière.

FANTINE, *à Cora Bougival.*

Je débute par féliciter monsieur, dont la dessalation pour cause de brochure m'est suffisamment connue, d'être tombé entre vos mains, et par constater qu'il est trop heureux d'être dessalé pour éprouver la douceur d'être ressalé par votre ministère. J'approuve sans hésitation tous les remèdes que vous avez si judicieusement proposés : tout ce que j'y voudrais ajouter, c'est de faire renouveler à l'instant les tentures, les tapis, les chaises et les fauteuils, tout l'ameublement de monsieur. Ayant déjà prévu le cas et l'instant même où nous serions appelés à concourir à sa guérison, j'ai fait avertir des tapissiers, des marchands de meubles, des bijoutiers, *et cætera.* Il nous faut ici les plus beaux bronzes de Barbedienne, les coffrets les mieux sculptés de Tahan, les bijoux les mieux fouillés de Spinelli et de Rudolphi, les plus rares et les plus dispendieuses curiosités du luxe parisien. Tout cela, j'en suis certain, agacera d'abord très-désagréablement les prunelles fuligineuses de monsieur, qui, ainsi que vous l'avez diagnostiqué d'un coup d'œil d'aigle, accusent la haine invétérée de tout luxe et de toute élégance. J'opine donc qu'il est urgent d'introduire les tapissiers, bijoutiers, marchands de meubles et décorateurs qui attendent nos instructions dans l'escalier ; mais ce qui est plus urgent encore, c'est d'administrer tout de suite au malade un petit lavement d'eau salée, dont, s'il a à guérir, il doit recevoir un plein soulagement.

CORA BOUGIVAL.

J'approuve et je ratifie le lavement d'eau salée. Mais comment le salerons-nous ?

FANTINE.

C'est bien simple : une pincée de sel gaulois et de saumure de petit journal...

CORA BOUGIVAL.

Figaro ou *Nain-Jaune ?*

FANTINE.

Figaro !

CORA BOUGIVAL.

Nain-Jaune !

FANTINE.

Je vous passe le *Nain-Jaune...* Passez-moi le *Figaro...* Plus, une poignée de sel Boissy, rien d'Émile Ollivier, quelques grains de sel de cuisine et de Glais-Bizoin.

CORA BOUGIVAL.

Hum! hum! le sel de cuisine et le Glais-Bizoin? J'aimerais mieux le sel marin et le Picard.

FANTINE.

Eh bien, passez-moi le Glais-Bizoin... Je vous passerai le Picard.

CORA BOUGIVAL.

Va pour Glais-Bizoin!

FANTINE.

Va pour Picard!

CORA BOUGIVAL.

Allons, c'est entendu. Fasse le ciel que ces remèdes, monsieur, qui sont les vôtres, réussissent au malade selon notre intention!...

M. DUPIGNAC, *se levant.*

Messieurs, il y a une heure que je vous écoute : est-ce que cette comédie ne va pas bientôt finir?

CORA BOUGIVAL.

Non, monsieur, nous ne jouons point.

M. DUPIGNAC.

Je suis las, à la fin, de votre galimatias et de vos sottises.

CORA BOUGIVAL.

Bon, des injures! Voilà qui confirme son mal.

M. DUPIGNAC.

Morbleu! je ne suis pas malade!

FANTINE.

Mauvais signe! le malade ne sent point son mal. Nous sommes médecins, et nous savons mieux que vous le triste état de votre santé.

M. DUPIGNAC.

Médecins, je n'ai que faire de vous, et je me moque de votre médecine.

CORA BOUGIVAL.

Hon! hon! Voici un homme plus affecté que nous ne pensions. En attendant que notre lavement d'eau salée soit prêt, procédons à la curation par la douceur exhilarante de l'harmonie; adoucissons et lénifions l'ardeur de ses esprits que je vois prêts à s'enflammer.

(Coup de timbre.)

SCÈNE V

M. DUPIGNAC, DEUX MUSICIENS PIÉMONTAIS,
PETITES DAMES.

(Les deux musiciens, suivis de huit matassins, chantent ces paroles moitié françaises, moitié italiennes, en s'accompagnant de divers instruments.)

LES DEUX MUSICIENS.

Landeriri, landeriri,
Ne vous laissez pas détruire
D'al dolor malinconico.
Ah! nous allons vous faire rire
Col nostro canto harmonico.
Pour que vous soyez guéri,
Nous sommes venus ici,
Landeriri, landeriri.

PREMIER MUSICIEN.

Quelle est votre maladie?
La mélancolie.
Il malato
Non è desperato :
Seulement il faut qu'il rie.
Quelle est votre maladie?
La mélancolie.

DEUXIÈME MUSICIEN.

Sú, cantate, ballate, ridete,
Et se far meglio volete,
Quand vous sentirez le chagrin
Prenez du vin,
E qualche volta un poco di tabac.
Gai, gai, gai, monsieur Dupignac.

SCÈNE VI

M. DUPIGNAC, LES DEUX MUSICIENS, NINI-YOUYOU,

EN APOTHICAIRE.

NINI-YOUYOU.

Monsieur, voici un petit remède, un petit remède qu'il vous
faut prendre, s'il vous plaît, s'il vous plaît.

M. DUPIGNAC.

Insolent ! je n'ai que faire de cela !

NINI-YOUYOU.

Il a été ordonné, monsieur, ordonné. Prenez-le, monsieur,
prenez-le : il ne vous fera point de mal, point de mal.

M. DUPIGNAC, *criant.*

Ah !

NINI-YOUYOU.

C'est un petit clystère, un petit clystère ; il est salé, bien salé ;

là, prenez, monsieur. C'est pour ressaler, pour ressaler, ressaler.

(Les deux musiciens, accompagnés des matassins et des instruments, dansent autour de M. Dupignac, et, s'arrétant devant lui, chantent :)

Oh! prenez-le,
Mon bon monsieur,
Prenez-le, prenez-le, prenez-le !
Il est innocent,
Prenez le médicament.
Oh! prenez-le,
Mon bon monsieur ;
Prenez-le, prenez-le, prenez-le !

M. DUPIGNAC, *fuyant.*

Allez-vous-en au diable !

(L'apothicaire, les deux musiciens et les matassins le suivent, tous une seringue à la main.

Monsieur Dupignac revient sur le théâtre, poursuivi par ces gens, qui tous ont la seringue en main. Il y retrouve l'apothicaire qui lui veut donner le lavement, ce qui l'oblige à s'asseoir, et les deux musiciens recommencent.)

Oh! prenez-le, etc.

(Et les matassins recommencent pareillement leur danse comme ci-devant.)

FIN DU PREMIER ACTE.

ACTE DEUXIÈME

SCÈNE

M. DUPIGNAC, ARTÉMISE.

M. DUPIGNAC, *affolé*.

Prenez-le, prenez-le, landeriri, mon bon monsieur, landeriri, prenez-le, landeriri. Que diable est cela ? Ouf !

ARTÉMISE.

Qu'est-ce, monsieur ? Qu'avez-vous ? Êtes-vous malade ?

M. DUPIGNAC.

Malade ! malade ! Landeriri, landeriri.

ARTÉMISE.

Monsieur est fou, c'est sûr.

M. DUPIGNAC.

Quel mirage !... Tout ce que je vois me semble lavement, lavement salé.

ARTÉMISE.

Comment ?

M. DUPIGNAC.

Ah ! ah ! c'est vous, Artémise ?

ARTÉMISE.

Oui, monsieur, c'est moi, c'est moi-même ! Mais regardez-moi donc : qu'est-ce qui vous est arrivé ?

M. DUPIGNAC.

Comment ? Ce qui m'est arrivé ! Vous n'étiez donc pas là, quand tous ces coquins ont violé mon domicile ?

ARTÉMISE.

J'étais allé chercher vos souliers neufs chez votre cordonnier en vieux, vous savez ?

M. DUPIGNAC.

Le cordonnier ? le lavement ? Ah ! oui, le cordonnier ! Landeriri...

ARTÉMISE.

Miséricorde ! Qu'est-ce qu'on vous a donc fait, mon pauvre monsieur ?

M. DUPIGNAC, *complétement fou.*

Prenez-le, prenez-le, il est salé. Des tailleurs de pierre... 23,545 sous. La soupe à Notre-Dame-de-Lorette. Des crinolines. Au feu ! au feu ! Il est malade ! Des médecins en ballon. Tâter le pouls. Il est dessalé. Landeriri, prenez-le, prenez-le ! Il est salé, salé, salé ! C'est pour ressaler, ressaler, ressaler ! Gai, gai, gai, M. Dupignac ! (*Il se met à danser et retombe sur son fauteuil.*) Je n'ai jamais été si saoul de sottises !

ARTÉMISE, *hébétée.*

Sainte bonne Vierge ! Qu'est-ce que tout cela veut dire ?

M. DUPIGNAC.

Cela veut dire que mon libraire est un chenapan. Le gredin ne veut pas me payer, et c'est lui qui m'a envoyé toute cette canaille pour m'empêcher de sortir. Ils étaient une douzaine de possédés après mes chausses, et j'ai eu toutes les peines du monde à m'échapper de leurs pattes... Est-ce que je ne sens pas le lavement salé, Artémise ?

ARTÉMISE.

Eh ! eh ! il y a quelque petite chose qui approche de cela. Je sens bien le lavement, mais il me semble que c'est un lavement insipide.

(*On entend un grand vacarme à la porte.*)

Qu'est-ce que c'est ? qu'est-ce que c'est ?

M. DUPIGNAC.

Encore eux ! Allez vite fermer la porte ! Vite, Artémise !

(*Artémise se précipite vers la porte, mais elle est ren-*
versée par des marchands et des ouvriers qui enva-
hissent l'appartement. Elle se relève et se sauve.)

SCÈNE II

M. DUPIGNAC, MIMI-BALLON, en tapissier.

MIMI-BALLON, *à ses ouvriers.*

Enlevez-moi ce vieux tapis ! Clouez cet aubusson premier
choix ! Décrochez cette glace d'auberge : il faut à monsieur ce
magnifique miroir de Venise. Qu'est-ce que c'est que ce papier
d'hôtel garni ? Monsieur va être tendu en cuir de Cordoue.
Emportez ces fauteuils d'Utrecht et ces chaises de moleskine. Monsieur va être meublé en François Ier véritable renaissance. En-
levez, clouez, décrochez, tendez ; mais soyez de petits éclairs. Le
temps est de l'argent, et monsieur ne regarde pas à l'argent.

(*Les ouvriers se précipitent sur le tapis, grimpent aux*
murs, déchirent la tapisserie, et emportent chaises
et fauteuils.)

M. DUPIGNAC, *bondissant.*

Arrêtez, pillards ! Que faites-vous, misérables communistes ?

MIMI-BALLON.

Monsieur, nous sommes d'honnêtes gens que deux de vos amis
sont venus chercher à la hâte.....

M. DUPIGNAC, *exaspéré.*

Je n'ai pas d'amis, je n'en ai jamais eu, entendez-vous ?

MIMI-BALLON.

Ah ! vous le prenez sur ce ton ? Eh bien ! cela ne me regarde pas ! Voici ma facture acquittée... payez-moi !

M. DUPIGNAC.

Je n'ai pas un sou à vous donner.

MIMI-BALLON.

Des bêtises ! On sait que vous avez le sac.

M. DUPIGNAC.

Que parlez-vous de sac ? Je ne vois d'autre sac que le sac de ma maison.

MIMI-BALLON.

Vous déraisonnez. Payez-moi...

M. DUPIGNAC.

Je ne dois rien à personne... Je ne vous dois rien.

MIMI-BALLON.

Ah ! vous ne me devez rien !... (*A ses ouvriers.*) Suivez-moi, vous autres. Je sais ce qu'il me reste à faire.

(*Ils sortent.*)

SCÈNE III

M. DUPIGNAC, SEUL.

Je n'en puis plus. Ces gens-là m'ont tué !

(*Entrent un bijoutier et un horloger, accompagnés de commis.*)

Que me veulent encore ces intrus ?... Mais c'est une invasion de barbares !

SCÈNE IV

M. DUPIGNAC, ROSA-BRINDACIER, EN BIJOUTIER, TOTO-JOCKEY, EN HORLOGER, COMMIS.

TOTO-JOCKEY.

C'est bien à monsieur Dupignac que j'ai l'honneur de parler ?

ROSA-BRINDACIER.

Votre serviteur, monsieur Dupignac.

M. DUPIGNAC.

Allez au diable ! Je ne vous connais pas.

TOTO-JOCKEY, *à ses commis.*

On ne nous avait pas trompés : c'est un original...

ROSA-BRINDACIER, *à M. Dupignac.*

Monsieur veut-il voir ?

M. DUPIGNAC.

Je n'ai rien à voir !

TOTO-JOCKEY, *à ses commis.*

On nous l'avait bien dit : c'est un maniaque. Posez sur la cheminée cette pendule à sujet. (*A M. Dupignac.*) Monsieur, le sujet est fort galant ; c'est, comme vous voyez, *Vénus fouettant Harpagon.*

ROSA-BRINDACIER, *à M. Dupignac.*

J'ai là, monsieur, pour madame Dupignac, une parure en diamants de la plus belle eau.

M. DUPIGNAC.

Belle eau... belle eau... Vous voulez pêcher en eau trouble, je vois ; mais ce n'est pas ici que vous pêcherez, foi de Dupignac !...

ROSA-BRINDACIER.

Voyons, monsieur, revenez à vous. Ayez un moment lucide...

M. DUPIGNAC.

Je suis toujours lucide ; allez-vous-en !

TOTO-JOCKEY, *montrant d'une main la cheminée,*
et de l'autre tendant un papier.

Monsieur, voici votre petite note, une bagatelle... 10,000 fr.

ROSA-BRINDACIER.

Monsieur, je vous laisse ma facture... une vétille... 14,000 fr.

M. DUPIGNAC.

Sortez, bourreaux, sortez!

ROSA-BRINDACIER et TOTO-JOCKEY, *en dansant.*

Salem! Salem! Salamalec!... Nous fuyons en cadence...

(*Ils sortent.*)

SCÈNE V

M. DUPIGNAC, SEUL.

Je n'y tiens plus : ma tête éclate. (*Appelant.*) Artémise!... Où
est donc Artémise?... Avec tous ces brigands, peut-être?...
A-t-elle aussi conspiré contre le repos de ma vie?... Oh les
femmes! les femmes!..... (*Il se lève.*) Cela ne peut pas durer.
Je cours moi-même chercher la police...

(*Il se dirige vers la porte, qui s'ouvre devant lui, et*
les deux médecins entrant le prennent par le bras
pour le ramener à son fauteuil.)

SCÈNE VI

M. DUPIGNAC, CORA BOUGIVAL, FANTINE.

CORA BOUGIVAL.

Tout beau, monsieur... Ne vous faites pas tant de mal... As-
seyez-vous.

FANTINE.

Le malade est exaspéré : nous l'avions prévu. Maintenant le
malade doit se réjouir : nous l'avons décidé. Comme le malade

appartient à la robe, je crois à propos d'appuyer notre consultation médicale par une consultation d'avocats. J'en ai deux ici près qui sont musiciens et danseurs : j'espère beaucoup de leur grimoire chanté, mimé et dansé.

(Coup de timbre.)

SCÈNE VII

M. DUPIGNAC, CORA, FANTINE, DEUX AVOCATS MUSICIENS, DONT L'UN BREDOUILLE ET L'AUTRE ANONNE.

L'AVOCAT, *ânonnant.*

La parcimonie est un cas,
Est un cas pendable.

L'AVOCAT, *bredouillant.*

Votre fait
Est clair et net,
Et tout le droit
Sur cet endroit
Conclut tout droit.

Si vous consultez nos auteurs,
Législateurs et glossateurs,
Justinian, Papinian,
Tribonian, Ortolan,
Beugnet, Valette, Jean Imole,
Buffenoir, Macarel, Barthole,
Machelard, Duranton, Cujas,
Ce grand homme si capable,
La parcimonie est un cas,
Est un cas pendable.

Tous les peuples dépensiers
Et mariés,
Les Françeis, Anglois, Hollandois,
Danois, Suédois, Portugois,
Roumains, Espagnols, Ottomans,
Italiens, Allemands,
Sur ce fait tiennent loi semblable,
Et l'affaire est sans embarras.
La parcimonie est un cas,
Est un cas pendable.

M. DUPIGNAC.

Hors d'ici, baladins! Vous déshonorez la toque et la robe, avocats du luxe, avocats du diable! Que je puisse aller au Palais, et je vous fais incontinent rayer du tableau.

LES AVOCATS.

La parcimonie est un cas,
Est un cas pendable.
Croyez-en deux bons avocats,
Avocats du diable.

(*Ils sortent.*)

SCÈNE VIII

M. DUPIGNAC, CORA BOUGIVAL, FANTINE,
PUIS TROIS PETITES DAMES EN MARMITONS, PORTANT DES PANIERS

M. DUPIGNAC.

Mes forces m'abandonnent. (*Appelant.*) Artémise! Artémise! Une tasse de bouillon!

PREMIER MÉDECIN, *montrant M. Dupignac.*

Horreur de la bonne chère, qui est le luxe de la table... La manie persiste : avisons.

(*Coup de timbre. Entrée des marmitons.*)

CHŒUR

MARMITONS ET MÉDECINS

Pour guérir monsieur Dupignac,
Potel et Chabot ont le trac
Landerirette
De leur part { Nous venons ici,
{ Ils viennent ici,
Landeriri.

PREMIER MARMITON.

Bisque, thon mariné, homard,
Salez, salez ce doux vieillard,
    Landerirette,
Et vous, rouges anchois, aussi,
    Landeriri.

CHŒUR. — Pour guérir, etc.

DEUXIÈME MARMITON.

Saluez truite et saumoneau,
La carpe de Fontainebleau,
    Landerirette,
Et le merluchon attendri,
    Landeriri.

CHŒUR. — Pour guérir, etc.

TROISIÈME MARMITON.

Voici des pâtés de condor,
Des brochettes de pluvier d'or,
    Landerirette,
Et des hachis d'ouïstiti,
    Landeriri.

CHŒUR. — Pour guérir, etc.

PREMIER MARMITON.

Les chapons du Gange au bec noir
Ont été truffés pour ce soir,
    Landerirette,
Chez les grands truffeurs de perdrix.
    Landeriri.

CHŒUR. — Pour guérir, etc.

DEUXIÈME MARMITON.

Pleuvez ici, frais ananas,
Poires, pêches et chasselas,
    Landerirette,
Vrais chasselas de Thomery
    Landeriri.

CHŒUR. — Pour guérir, etc.

TROISIÈME MARMITON.

O johannisberg, ô tokai,
Coulez à flots pour ce toqué,
    Landerirette.
Pour ce toqué frappons l'Aï,
    Landeriri.

ENSEMBLE

MARMITONS ET MÉDECINS.	M. DUPIGNAC.

Pour te guérir, cher Dupignac,
Potel et Chabot ont le trac,
    Landerirette.
De leur part { Nous venons ici,
{ Ils viennent ici,
    Landeriri.
	Pour te guérir, bon Dupignac,
	On te ruine... j'ai le trac,
	    Landerirette.
	Je veux la soupe et le bouilli,
	    Landeriri!

M. DUPIGNAC.

A la garde! à la garde!

PREMIER MARMITON.

Permettez, monsieur. Acquittez d'abord cette petite note : monsieur, cinquante louis !

M. DUPIGNAC.

Que cinquante choléras t'étouffent ! Tu n'auras pas un centime. A la garde! A la garde!

CORA BOUGIVAL, *montrant M. Dupignac.*

Horreur de la dépense... La crise se développe. (*Aux marmitons.*) Laissez passer la crise, et revenez : vous serez payés intégralement.

(Les marmitons sortent.)

FANTINE, *à Cora.*

Les moyens lénitifs ont produit leur effet : le malade est complétement exaspéré. Employons maintenant un remède héroïque : pacifions-le par la terreur.

(Coup de timbre. Ils sortent.)

SCÈNE IX

M. DUPIGNAC, seul, puis ARTÉMISE.

M. DUPIGNAC.

Oh ! je suis moulu, écrasé, anéanti ! Il me semble que j'ai été berné, bâtonné, roué de coups. Je commence à croire que mon siècle n'était pas digne de la brochure que j'ai publiée contre lui. O vertu ! que tu es dangereuse dans un temps perverti ! Insensé ! Tu as cru pouvoir ressusciter impunément le personnage de Caton, et tu n'es peut-être qu'un Don Quichotte.

(Se mirant dans la glace.)

Le fait est, qu'après tant d'émotions, je ressemble beaucoup moins à Marcus Porcius qu'au chevalier de la Triste-Figure.

ARTÉMISE, *effarée.*

Monsieur ! monsieur !

(Elle tombe dans un fauteuil.)

M. DUPIGNAC.

Qu'y a-t-il encore ?

ARTÉMISE, *balbutiant.*

Il y a... il y a... De l'air ! de l'air ! Je suffoque !

M. DUPIGNAC.

Il y a ? il y a ? Parleras-tu ?

ARTÉMISE.

Eh bien... monsieur, il y a là un grand diable d'homme... avec une grande épée, qui veut absolument se battre en duel avec vous...

M. DUPIGNAC.

Un duel ! Je suis perdu !

ARTÉMISE.

Il dit qu'il vous embrochera comme une mauviette.

M. DUPIGNAC.

Artémise, ma fille, voudrais-tu que ton maître fût réellement embroché? Un duel! un duel! Artémise, tu peux me sauver ; tu me sauveras, n'est-ce pas?

ARTÉMISE.

Et comment voulez-vous qu'une pauvre femme résiste à un homme d'épée?

M. DUPIGNAC.

Par quelque stratagème adroit... par le raisonnement. Endosse cette houppelande... Elle te va à merveille. Souviens-toi des discours que je t'ai lus, à la veillée, contre le sauvage préjugé du duel. Sois éloquente, sois insinuante, sois persuasive, sois pathétique, et, finalement, ramène ce forcené aux sentiments les plus humains.

(Bruit.)

ARTÉMISE.

Ah! monsieur, cachez-vous. Le voici.

SCÈNE X

. LES MÊMES, BÉBÉ-GLADIATEUR, *marchand de crinolines.*

BÉBÉ-GLADIATEUR.

Où est-il, où est-il, que je lui cloue sa brochure sur le gilet ? Comment? Ce révolutionnaire a juré la destruction des crinolines, la ruine du luxe et de l'industrie? Je suis marchand de crinolines, moi, et, de plus, élève de Gâtechair... Une, deux, fendez-vous, défendez-vous !

ARTÉMISE.

Tout doux, monsieur, tout doux! Je suis un ami de M. Dupignac, et je partage ses opinions sur le duel, ce préjugé sauvage qui....

BÉBE-GLADIATEUR.

Vous êtes l'ami de ce Dupignac! Et le Dupignac, où est-il ? Qu'il paraisse incontinent devant moi; ou je vous transperce vous-même. En garde ! en garde !

ARTÉMISE.

Arrêtez, malheureux ! Le duel est illégal... le duel est inconstitutionnel... D'ailleurs, mon ami est absent; il est allé à la campagne, à Clamecy, où il préside un comice agricole.

BÉBÉ-GLADIATEUR, *l'épée à la main et courant par la chambre.*

Je suis sûr qu'il se cache. Où est-il? où est-il?... Mais montre-toi donc, couard. Oh ! soyez tranquille, il en tâtera. Tiens, tiens ! A cette botte. A cette autre. Tue, tue ! Vous pouvez lui dire que c'est un homme mort. Je le guetterai, je reviendrai,... et je l'embrocherai !... (*Il sort.*)

SCÈNE XI

M. DUPIGNAC, ARTÉMISE.

ARTÉMISE.

Vite ! vite ! ne me démentez pas ! Partez pour Clamecy ; allez présider le comice agricole, ou vous êtes un homme perdu.

M. DUPIGNAC, *tremblant.*

Mais il n'y a pas de comice agricole dans cette saison. Et d'ailleurs, comment fuir? On me reconnaîtra peut-être...

ARTÉMISE.

Ne perdez pas de temps, fuyez... Ah ! cette crinoline... mettez-la. Je vous prêterai une de mes robes, une coiffe... mais fuyez !...

M. DUPIGNAC, *soupesant la crinoline.*

Cette crinoline ! (*Il la met.*) O fatalité ! En être réduit à me sauver par cet instrument de perdition !

> (*Il court à la porte. En ce moment elle s'ouvre avec fracas.*
> *Entrent toutes les petites dames, matassins, musiciens,*
> *avocats, tailleurs de pierre, médecins, marmitons,*
> *marchands présentant leur note, Bébé-Gladiateur et*
> *Cora Bougival au premier rang.*)

CHŒUR

C'est lui, c'est lui, c'est Dupignac...
Il va, pour nous, vider son sac.....
Allons! allons! Nous payez-vous?.....

BÉBÉ-GLADIATEUR

Allons! allons! Vous battez-vous?

M. DUPIGNAC, *en crinoline.*

Moi, payer ! Plutôt la mort !... Moi, me battre !... J'aime mieux plaider. Mais n'y aurait-il pas moyen de tout concilier, mes amis ? Voyons... pourquoi me persécutez-vous ? Qu'exigez-vous de moi? C'est peut-être ma brochure qui vous a irrités... Eh bien ! moi aussi, j'en ai assez de ma brochure ; je l'ai en horreur, ma brochure ; je la foule aux pieds, ma brochure ! (*Il va prendre un exemplaire sur sa cheminée, et le jette à terre.*) Et j'écris immédiatement à mon éditeur de brûler tous les exemplaires qui lui restent... Qu'exigez-vous encore ? Voyez : j'ai revêtu, par une sorte d'expiation providentielle, cette crinoline que je n'ai pas craint de flétrir dans un jour de colère. (*Doucement.*) Vous savez, mes amis, il y a des jours comme ça...

BÉBÉ-GLADIATEUR, *l'épée haute.*

Silence !... J'ai trouvé le truc... (*A M. Dupignac.*) A genoux ! (*Elle le fait tomber à genoux, puis avec un signe d'intelligence à tous les matassins, etc., etc.*) Courbe la tête, fier Sicambre, et jure solennellement, sous cette épée vengeresse, et sur cette crinoline vengée, que tu glorifieras en tout temps et en tout lieu, que tu défendras en toute occasion le luxe et l'élégance des femmes contre la cancrerie éternelle de tes semblables.

TOUS, *à M. Dupignac*.

Criez : Vive le luxe ! Vive la crinoline !

M. DUPIGNAC, *à part*.

Ombre de Marcus Porcius, suis-je assez humilié !... (*A lui-même.*) Après tout, mon repos vaut bien un serment ! J'en aurais prêté deux pour me tirer d'affaire ! (*Haut.*) Eh bien, mes amis, je jure... je jure... tout ce que vous voudrez... Vive la crinoline ! Vive le luxe !...

TOUS.

Vive la crinoline ! Vive le luxe ! Et vive Dupignac !

CORA BOUGIVAL, *sur le devant de la scène, gravement*.

Mes bonnes amies, Fantine et Rapinette, Cascadine et Nini-Youyou, Rosa-Brindacier et Mimi-Ballon, Toto-Jockey, Bébé-Gladiateur, vous toutes, qui avez si gentiment travaillé pour notre vengeance et notre gloire communes, recevez ici mes plus sincères remercîments. Je vous invite toutes à dîner, pour ce soir, dans mon petit chalet. Si monsieur Dupignac, en crinoline, veut être des nôtres...

M. DUPIGNAC, *confus*.

Grand merci, madame... le médecin ; je suis encore malade..,, et je ne me sens pas... assez fou...

TOUS.

Oh ! c'te tête ! Bonjour, monsieur Dupignac.

CORA BOUGIVAL.

Et maintenant, mon petit vieux, embrasse-moi sur la nuque. La paix est faite... mais à une condition, c'est que tu vas renvoyer, à tes frais, au théâtre des Bouffes, tous les accessoires qui nous ont servi à te donner la comédie. Est-ce convenu ?

M. DUPIGNAC.

Convenu.

(*Il l'embrasse.*)

(*A part.*) Illustre Lamourette, je t'emprunte un de tes baisers !

(*Tous sortent, excepté M. Dupignac et Artémise.*)

SCÈNE XII

M. DUPIGNAC.

Ah ! c'était une vendetta, une abominable parade ! On a même poussé l'audace jusqu'à contrefaire les jambages de mon éditeur ! Je m'en vais chez lui de ce pas lui commander un nouveau tirage de ma brochure.

(*Se levant et se tournant vers Artémise.*)

Artémise, ma canne, ma perruque, mes souliers ferrés !

(*La toile tombe.*)

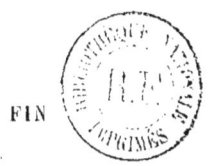

FIN

www.ingramcontent.com/pod-product-compliance
Lightning Source LLC
Chambersburg PA
CBHW061709180626
46818CB00003B/1320